EL DUENDE VERDE

M.ª Carmen de la Bandera

CLAUDIA, APRENDIZ DE BRUJA

Ilustración: Claudia Ranucci

QUERIDO LECTOR

Me llevo muy bien con Claudia, la protagonista de esta historia, porque es ingeniosa y divertida aunque, a veces, protesta demasiado. Tiene 9 años y cuando sea mayor quiere ser actriz y escritora. Por eso nos cuenta su vida; esto le servirá de ensayo para cuando tenga que escribir un libro más gordo.

Vive en Madrid y estudia en un colegio con un patio de recreo muy grande. Tiene muchas amigas. Su íntima es Flor. De los amigos se queja porque a veces son un poco brutos y algunos hasta machistas, pero ella no se corta y no permite que la discriminen por ser niña.

Con su hermano de 12 años se lleva regular. Muchas veces sus padres tienen que intervenir cuando discuten, porque los dos quieren llevar razón. En Leganés, un pueblo de Madrid, viven sus abuelos Fermín y Paloma. Los quiere mucho, pero su abuela Pepa, que vive en Sevilla, es distinta a todas las abuelas. Tiene el pelo azul y es bruja, pero bruja buena. A Claudia le encanta estar con ella y quiere que le enseñe las artes de brujería. Algunas ya las ha aprendido, por eso se considera aprendiz de bruja.

Los veranos los pasa en Sanlúcar de Barrameda, que es un pueblo grande y bonito de la provincia de Cádiz donde la abuela-bruja tiene una casa. Allí disfruta de la playa y de muchas amigas con las que organiza fiestas muy divertidas.

Espero, querido lector, que te lo pases muy bien leyendo las cosas de Claudia, por lo menos que disfrutes tanto como yo escribiéndolas. Ojalá algún día nos podamos conocer y que me cuentes lo que te ha parecido el libro. Un beso,

A Claudia y a Montse,
porque a las dos les gusta la magia.

La Bruja Azul

ME pasé toda la tarde discutiendo con mi hermano, porque dice que fue él quien le puso a mi abuela Pepa el nombre de Bruja Azul. No es verdad, pero, como es el mayor, siempre quiere llevar razón.

Me acuerdo muy bien de cuándo fue: viajábamos de Madrid a Sevilla, donde vive ella, para pasar las Navidades, y nos la encontramos con el pelo pintado de azul. Estaba muy guapa y, como tiene poderes de bruja (pero de bruja buena, no como la de Blancanieves), me pareció que ese nombre le venía bien; a ella le hizo mucha gracia, y dijo que se dejaría el pelo azul por una temporada. Desde entonces, para los más íntimos, es la Bruja Azul. Pero nada, mi hermano es un cabezota y no hay quien lo convenza. Se lo he preguntado a mamá, y dice que no se acuerda. Lo he dejado por imposible, pero que conste que fui yo, Claudia, la inventora. Mi abuela Pepa quería que me hubiesen puesto Leonor, porque dice que es nombre de reina y, como me llamarían Leo, sería como un homenaje a mi abuelo Leopoldo. Menos mal que nadie le hizo caso, porque me gusta más Claudia. Papá se llama Carlos, y mamá, Rosa. El tío Mario, hermano de papá, aún no se ha casado, y por eso no tengo primos.

Mi abuela vive sola en un piso de Sevilla porque mi abuelo Leopoldo se murió cuando nadie lo esperaba. Mamá, que es su única hija, quiere que se venga a Madrid para que esté más cerca de nosotros, le echa en cara que es demasiado independiente, pero ella dice que su sitio está en Andalucía, que en Madrid no conoce a nadie, que no quiere dar la lata. Me gustaría poder verla todos los días y presentársela a mis amigos para que vean la clase de abuela que tengo. No es una abuela corriente; yo no conozco a ninguna que se le parezca: es joven, alegre, divertida, y mi abuelo, que era un gran mago, le transmitió algunos poderes. En la fiesta de mi último cumpleaños convirtió un pañuelo en un huevo. Sí, como os lo cuento.

Mi abuelo Leopoldo murió el año que yo nací, ¡qué pena!, pero en las muchas fotos que tenemos se ve a un hombre alto, moreno, guapo. Los periódicos hablaban de él como uno de los mejores magos. Juntos recorrieron el mundo, pero siempre regresaban a su Sevilla natal. Mamá, por casualidad, nació en Madrid durante uno de los viajes. Dice que casi nace en el escenario porque mi abuela, por ayudar al abuelo, aguantó hasta última hora. Así que presumo de ser nieta de mago y bruja.

Flora, que es mi mejor amiga, dice que tengo mucho morro porque me paso los dos meses de vacaciones de verano en la playa, en la casa que tiene la abuela en Sanlúcar de Barrameda. Yo le digo que eso no es morro sino suerte. Papá y mamá, los dos, son profesores y tienen las mismas vacaciones que nosotros; la casa es grande y cómoda, y no tenemos que pagar alquiler. El padre de Flora, en cambio, tiene una tienda de electrodomésticos, y su madre, una peluquería, por eso solo salen quince días y se van a Benidorm, que está más cerca.

Flora quiere que la llamemos Flor, por eso, a partir de ahora, cada vez que me refiera a ella, lo haré de esta forma, para qué la voy a disgustar por esa tontería... Bastante disgusto tiene desde que nació su hermanito Pablo, que va a cumplir un año y es un bebé precioso. Yo sé que lo quiere, pero se queja porque dice que ha llegado el último y se ha puesto el primero. Dice que sus padres solo están pendientes de él, todo el mundo le ríe las gracias y le hace regalos, y ella como si no existiera. Le digo que eso no es verdad y que son envidias tontas, que no querrá que a ella le pongan pañales y le den biberón. «Tú eres tonta», me dijo, «lo único que quiero es que se den cuenta de que yo también existo». Nada, que no hay quien la haga entrar en razón, y me da pena porque sufre.

Las dos vamos al mismo colegio, que está en nuestro barrio, Santa Eugenia; es un buen barrio porque tiene parques y plazas donde los niños podemos jugar, aunque está un poco alejado del centro, pero no me importa porque papá y mamá nos llevan de vez en cuando al cine, al teatro o a comer hamburguesas y helado, que es lo que más me gusta. Cuando jugamos en la calle tenemos que tener cuidado por si aparecen los de la banda del Melenas, que son del barrio de al lado y vienen siempre a molestar: quitan balones, mochilas y todo lo que se les antoja. A Perico, un amigo de mi hermano, le quitaron hasta la bici. Son unos chorizos gamberros.

Mis otros dos abuelos, Fermín y Paloma, que son los padres de papá, viven en Leganés, un pueblo que está muy cerca de Madrid. Son muy buenos conmigo y los fines de semana siempre me dan tres euros. Tienen un poco de pelusa porque piensan que queremos más a la Bruja Azul. Algo de razón sí que tienen, pero no es que la queramos más, es que ella es más divertida y hace cosas que no hacen los otros abuelos. Además, como la vemos menos, la cogemos con más gana. Aunque hay algo que ellos tienen y la Bruja Azul no: mi abuelo Fermín sabe un montón de cuentos, y mi abuela Paloma hace un arroz con leche que está para chuparse los dedos. Bueno, no me puedo quejar porque tengo mucha gente que me quiere y... en fin, ya os hablaré de mi hermano David. Lo suyo es caso aparte.

ESCRITORA Y ACTRIZ

LO tengo decidido: cuando sea mayor seré escritora y actriz de teatro. He visto en la tele cómo algunas actrices famosas escriben libros contando su vida, sus novios... así que yo, para practicar, voy a escribir lo más importante que me ha pasado desde que tengo 9 años.

De novios aún no puedo contar nada, aunque el otro día pasó una cosa muy curiosa: varias de la clase estábamos jugando en el recreo a pilla-pilla con Toño y José, a los que no les gusta el fútbol, dicen que son más divertidos nuestros juegos porque a ellos siempre los ponen de porteros y se aburren. No me extraña. Cuando estábamos más animadas, aparece Edu, uno de 5.° al que le gusta meter la pata, y va y me agarra para que me cojan los del equipo contrario. Le dije: «¡Imbécil, suéltame!», y me dio un empujón que casi me tira. Fuimos a chivarnos a la «seño» de guardia, y lo tuvo castigado diez minutos sin jugar. Me miró con una cara de rabia que daba miedo, pero es que ya estoy harta, siempre viene a por mí cuando menos lo espero. Dice Flora que eso es porque le gusto y quiere ser mi novio, pero yo creo que son cosas de ella, aunque me asegura que se lo ha dicho Javi, que es muy amigo suyo.

¡Pues vaya una manera! Si todos los novios que me salen son como este de brutos, voy lista.

De todos modos, creo que soy demasiado pequeña para estas cosas, y además aún no he encontrado ninguno que me guste. Bueno, Curro es guapo, simpático, inteligente y me agrada ser su amiga, pero él no hace por mí. Tampoco sufro por eso, es solo que le tengo simpatía.

Lo que más me gusta del cole, aparte del recreo, es la educación física, la lengua y el inglés. Y de todos los profes, la mejor es la tutora: Chelo. Tenemos una biblioteca en clase; los libros están en una mesa y, cuando terminamos los deberes, podemos coger el que más nos guste. Yo procuro terminar pronto para divertirme leyendo. Para mí leer es como ver una película, casi mejor, porque me puedo imaginar las cosas como quiera. Además, el libro lo puedo llevar a todos sitios y así nunca me aburro. Dice Chelo que los niños y niñas que leen luego son buenos estudiantes. Por eso no creo que tenga problema a la hora de estudiar arte dramático, que es como me ha dicho mamá que se llama la carrera de actriz.

Un bicho que salta

A mí no me gusta ser chivata, lo he demostrado muchas veces, aunque papá, en una ocasión, nos contó algo muy interesante: ocurrió que Paco, un amigo de mi hermano, tuvo una bronca con sus padres por culpa de las notas y, muy enfadado, dio un portazo y se marchó. David sabía que estaba en casa de un compañero que no vive en el barrio, pero no dijo nada hasta que al cabo de dos días la familia, muy preocupada, fue a dar parte a la policía. Entonces habló y lo dijo todo. Cuando se enteró papá, le recriminó el que no lo hubiese dicho antes.

—Yo no soy un chivato —respondió David muy ofendido.

—No te confundas —dijo papá—, a mí tampoco me gustan los chivatos, pero a veces es mejor hablar para evitar males mayores. Esos padres han estado sufriendo sin necesidad. Eso va también por ti, Claudia.

—Yo no he tenido la culpa —protesté.

—Ya lo sé, pero quiero que lo tengas en cuenta por si te ves en algún caso parecido.

Recordé todo esto el día que nos quedamos sin más de medio recreo por culpa de Rafa. Se las da de gracioso, y la verdad es que a veces lo es, pero aquella vez se pasó: estaba la «seño» explicando un problema de mates muy difícil, todos en silencio, y de pronto se oye un grito que viene de atrás. Todos volvimos la cabeza para ver de qué se trataba. Era Julia, que daba saltos alrededor de la mesa gritando desesperada.

—¿Qué ocurre? ¿Por qué gritas, Julia?

—¡Seño, hay un bicho que salta!

La profe se acercó y comprobó, efectivamente, que había un saltamontes, y el pobre bicho, asustado, iba de un sitio a otro. El escándalo que se formó os lo podéis imaginar. Todos gritábamos, unos por miedo, como yo, y otros por cachondeo. Por fin, la seño lo pudo atrapar y largarlo por la ventana. Ya era imposible volver al orden porque muchos aprovecharon para seguir con el jolgorio, y Chelo quería seguir explicando, pero fue imposible. Entonces, sacó su genio, que lo tiene.

—¡Ya está bien, ese bicho no ha entrado solo, alguien lo ha traído y quiero saber quién!

Todos nos quedamos en silencio, nos mirábamos los unos a los otros esperando que alguien diera una respuesta. Nada. Yo miré a Rafa, porque sabemos lo trasto que es y su afición a coger todo bicho viviente. El día antes lo había visto con el saltamontes tratando de asustarnos; pero ahora ponía una carita de bueno que daba risa. Los minutos pasaban y se aproximaba la hora del recreo. Sonó el timbre.

—De aquí no sale nadie hasta que averigüe quién es el culpable del alboroto.

—Seño, eso no es justo. Vamos a pagar el pato los que no hemos hecho nada —protesté.

—Desde luego que no es justo, pero la culpa no es mía —replicó ella.

—Me parece que la cosa no ha sido tan grave como para que nos quedemos sin recreo —intervino Juan, que es muy sensato.

—No, lo grave es que haya niños tan malos compañeros que sean capaces de perjudicar a otros por no reconocer su falta.

Estuve a punto de delatar al culpable, porque me acordé del consejo de papá: «a veces el decir las cosas puede evitar males mayores» pero, antes de hablar, les vi a todos tan serios que no me atreví, porque luego iba a tener que soportar la carga de ser una chivata. Saqué de la mochila las galletas rellenas. Las olí. Estaba muerta de hambre. A Chelo también se le notaba en la cara que tenía ganas de que aquello terminase; a ella también le gusta salir a tomar un café. Llevábamos más de diez minutos perdidos. Miré a Rafa, se encontraron nuestras miradas, y con los ojos quise decirle: «eres un cobarde, me vas a oír cuando salgamos, eres un mal compañero». En ese instante, pareció reaccionar.

—Seño, he sido yo. Perdone, es que se me escapó.

—¡Menos mal! Sabía que habías sido tú, pero esperaba que tuvieses la nobleza de decirlo. ¡Esa manía tuya de los bichos! Ahora deberías terminar el castigo tú solo.

—Seño, le prometo que no volverá a ocurrir.

Yo no sé si fue por el arrepentimiento que mostró o porque Chelo no tenía ganas de quedarse vigilándolo en la clase, el caso es que, por fin, todo quedó resuelto, aunque los minutos perdidos de recreo nadie nos los devolvería.

—Venga, salid todos con orden.

Salimos despacito para que no se arrepintiese y nos volviese a meter para dentro. Mientras me comía las galletas de chocolate, comentamos lo sucedido, y todas estuvimos de acuerdo en que fue un alivio que Rafa se decidiera a hablar, aunque lo podía haber hecho antes. Ya no nos daba tiempo a organizar un juego en condiciones, así que nos dedicamos a hacer figuras con gomas elásticas: una sujeta la goma, metida entre los dedos, y otra va enganchándola y cambiando las figuras. Yo le llamo «el juego de la cunita» porque la primera figura que se forma parece una cunita; tengo una goma de colores y se me da muy bien. Fue un mini recreo.

Cumpleaños de Flor

LLEGÓ diciembre, se acercaban las Navidades. Desde primeros de septiembre no habíamos vuelto a Sevilla y, por tanto, no había visto a mi abuela Pepa. Hablaba con ella por teléfono, pero no es lo mismo.

En casa surgió una discusión. Siempre que notaba algún problema entre papá y mamá me quitaba de en medio, aunque procuraba escuchar lo que decían desde mi cuarto. Me sentía muy desgraciada siempre que reñían. En cambio, si los veía tranquilos y queriéndose, me entraba una felicidad que no cambiaba por nada. A veces, la razón la llevaba uno y a veces el otro. Creo que mitad y mitad. Aquel día, desde luego, la llevaba papá.

El caso es que, como la abuela Pepa vivía sola, siempre íbamos a Sevilla y pasábamos las Navidades con ella. Normal.

Ahora, papá decía que no se trataba de una enferma, y que debía venir a Madrid para estar también con los abuelos Fermín y Paloma. Estos siempre las celebraban solos con el tío Mario.

—Ya conoces a mi madre, no quiere Madrid ni en pintura —decía mamá.

—Eso es egoísmo. Por estar aquí unos días no le va a pasar nada.

—Llevas razón, pero díselo a ella. Y, desde luego, si no viene, yo no la dejo sola. Me marcho con ella, y los niños que hagan lo que quieran.

David y yo escuchábamos sin intervenir.

«¡Vaya un problema!», pensé.

—¿Acaso tus padres te han dicho algo? —le preguntó mamá.

—Naturalmente, se han quejado y con razón. También les gusta pasar las fiestas con sus nietos.

Ellos los pueden ver siempre que quieran, en cambio, mi madre solo de vez en cuando.

—Porque no quiere venir, es muy cómoda.

—Quizás lleves razón, pero es así. No pretenderás que la cambie a estas alturas.

—Sí, la verdad es que es un poco tarde. Antes de tomar ninguna decisión, habla con ella. A lo mejor esta discusión es una tontería, porque quizás acepta venir y se acaban los problemas.

—¿Quieres que la llame yo? Ya sabes que soy su nieta preferida —dije pensando que era el momento oportuno de intervenir.

—Mira, no es mala idea. A lo mejor la convences y asunto terminado.

Me faltó tiempo para marcar su número. Tuve que insistir para convencerla, pero, al final cedió.

—No olvides de traerte los polvos mágicos porque, como siempre, nos tienes que demostrar tus poderes.

—Ya veremos —dijo ella—, porque me quedan pocos y tengo que reservarlos para ocasiones especiales.

—¿Y las fiestas de Navidad no son una buena ocasión? —dije echándole en cara su falta de interés.

—De acuerdo, llevaré unos poquitos. Ya veremos.

—Tú puedes hacer lo que quieras. Para eso eres bruja.

Oí su risa a través del teléfono. Me salí con la mía, y el asunto quedó resuelto. Vendría el 18 de diciembre.

Los días que faltaban se me hicieron eternos. A la víspera de vacaciones, a las notas y a la llegada de la abuela, se unía la fiesta de cumpleaños de Flor, que es el día 22 y que, como buenas amigas, preparábamos entre las dos. A mí, ella no me puede ayudar porque mi cumpleaños es en verano.

Juntas hicimos la lista de invitados. Siempre la gran duda: ¿invitábamos a chicos o solo a chicas? El año anterior vinieron Toño, José, Curro (con el que mejor me llevo) y Javi, que le gusta a Flor. Ninguno metió la pata y lo pasamos bien, así es que decidimos repetir la invitación este año. En total, éramos 21. Compramos chucherías, globos y un regalito para llenar las bolsas que le daríamos a cada uno de los invitados. Las preparamos en casa porque en la de Flor, Pablo, su hermano pequeño, no nos dejaba tranquilas. Nos ayudaron mamá, David y la abuela. Quedaron muy bonitas con sus lazos de colores.

En el barrio han abierto un local que se llama «Fiestilandia», lo alquilan para cumpleaños y esas cosas. Está estupendo porque ponen música y llevan alguna atracción. Es un poco caro, pero los padres de Flor dijeron que valía la pena celebrarlo por todo lo alto.

Durante los días que estuvimos juntas en las preparaciones, Flor le pidió a la abuela Pepa que asistiera y que nos hiciese alguno de sus trucos de magia.

—¿Quién te ha dicho que yo sé hacer magia? —preguntó, aunque ya sabía ella quién había sido.

—Claudia. Y también me dijo que en sus cumpleaños siempre sorprende con algo maravilloso. ¡Por favor, por favor...!

—¡Esta niña...! —dijo, refiriéndose a mí. Se quedó pensando un momento—. Ya veremos lo que se puede hacer, porque en Madrid pierdo los poderes.

Todos se quedaron asombrados, menos yo, que ya la conocía y sé que le gusta hacerse la interesante.

Flor recibió muchos regalos, estaba muy nerviosa. El mío fue un libro de leyendas que trae de todo: aventuras, intriga, magia... y que me recomendó Chelo, la seño. Comimos los sandwiches y las chucherías —tantas que cuando llegó la hora de la tarta casi no teníamos gana—, cantamos el cumpleaños feliz... Mi amiga apagó las nueve velas emocionada y abrazó a sus padres, que habían dejado a Pablo con la chica que lo cuida para que no diese la lata, y estaban volcados en la fiesta. Por eso el abrazo fue tan entrañable, porque ella se dio cuenta de que la seguían queriendo como siempre.

Actuaron los payasos, que nos hicieron reír a todos. Me lo estaba pasando tan bien, que no reparé en que la abuela Pepa no había aparecido. Pusieron música. Algunas niñas no bailaban hasta que sonaron el *Aserejé* y *Antes muerta que sencilla*, y entonces arrancaron hasta los niños, que son siempre tan sosos. Todos como locos, haciendo el bailecito de las manos y el tembleque de las piernas. Sacamos a Flor al centro porque era la homenajeada. Yo le di un empujón a Javi para que saliese a acompañarla. Todo el mundo reía y ellos se pusieron muy colorados, pero siguieron sin parar.

Cuando estábamos cansados de tanto meneo apareció la abuela creando expectación. La presenté. No es corriente ver a una abuela tan marchosa y con el pelo pintado de azul. Traía una cesta llena de algo y cubierta con un mantel. Seguro que era su regalo, pero todos nos quedamos intrigados por saber lo que traía. Y mientras, ella tan tranquila, charlando con los padres de Flor; los demás, hartos de comer, beber y bailar, comenzamos a hablar unos con otros, mejor dicho, los niños con los niños y las niñas con las niñas. Ellos enseguida encontraron tema: el fútbol, como siempre. Sacaron los cromos y se pusieron rápidamente a intercambiarlos. Curro estaba feliz porque tenía el de Beckham. No veo a qué viene tanta alegría, al fin y al cabo, una estampita más o menos... pero se ve que tiene una importancia que yo no entiendo. Al final, la cosa se fue apagando, y los del local dijeron que todo había terminado.

—Esperad. Este es mi regalo —dijo la abuela levantando el mantel que tapaba una cesta con huevos.

Se hizo un gran silencio y yo me quedé muy

cortada. Todos me miraban porque, desde luego, no era el mejor regalo para el cumpleaños de una niña. Mi amiga, muy educada, cogió la cesta y le dio las gracias.

—No creáis que son unos huevos corrientes. No. Son mágicos: tienen la virtud de aumentar la inteligencia del que los come. Como todos sois estudiantes, os aconsejo que esta noche os hagáis cada uno una tortilla. Ya veréis como mañana tenéis las ideas más claras. Traed las bolsitas de los regalos —fue metiendo un huevo en cada una de ellas—. Tened cuidado de que no se rompan porque, no lo olvidéis, son huevos con hechizo.

Yo me quedé la última. Un poco desilusionada con la actuación de la abuela, no quise decirle nada en el camino de regreso.

Al día siguiente esperaba no fallar en la tabla de multiplicar, puesto que mi inteligencia debería haber aumentado después de la tortilla que me comí sin ganas hecha con aquel maravilloso huevo. Pero nada, fallé, como siempre, en el siete salteado.

Yo aceptaba la broma de la abuela, pero ¿y mis compañeros? Estaba temiendo que llegara

el recreo, no deseaba oír los comentarios y el pitorreo.

Sonó el timbre y, como siempre, salimos en tromba. No busqué a nadie. Me senté en uno de los bancos dispuesta a comerme las galletas. Pronto llegaron Flor y Verónica.

—Hola —Vero fue la primera en hablar—. Qué divertida tu abuela.

—Sí —respondí, dispuesta a tragarme las bromas.

—Los huevos estaban estupendos, nadie se esperaba una cosa así.

—Pues mi madre me hizo la tortilla y no encontré ninguna diferencia —dije cortándola, para que no siguiera con la chufla.

—¿Una tortilla? —preguntó extrañada.

—Sí, eso fue lo que recomendó mi abuela.

—A ti sí que te ha tomado el pelo —dijo Flor, muerta de risa.

—¿Por qué? —pregunté ya más relajada, viendo que de quien se reían era de mí.

—Porque los huevos, por dentro, eran de chocolate.

—¿De chocolate? Pues el mío era normal y corriente.

—Está claro que te ha gastado una broma.

—Pero ¿son mágicos o no?

—Claro que son mágicos, pero no porque te vuelvan más inteligente, sino porque tienen cáscara, son como huevos corrientes, pero de chocolate —explicó Vero.

—Mi madre tenía la sartén preparada para hacerme la tortilla y cuando fue a cascarlo se encontró con la sorpresa. Cuando se dio cuenta del truco, comenzó a pelarlo y salió un huevo duro, pero de chocolate. ¡Riquísimo! «¿Cómo puede ser esto?», se preguntaba mi madre. «Es que es bruja», le dije. «¡Ah! Entonces ya se explica», respondió ella. Y le tuve que dar la mitad a mi hermano.

Pronto se formó un corro, con todos los invitados al cumple, que comentaban lo bien que estuvo la fiesta y el regalo tan original de la abuela Pepa.

Cuando llegué a casa me mostré muy seria con ella, de verdad estaba enfadada porque había sufrido con su broma, casi no había dormido pensando en el cachondeo de los compañeros después de haberles dicho yo que tenía una abuela maravillosa. Eso no se hace con una niña.

Ella enseguida notó mi enfado. Hablamos, y le expliqué lo que me pasaba. Después de darme un beso, me pidió disculpas. Pensaba que yo entendería la broma.

—Descuida que no volverá a ocurrir. Cuando haga algo especial, serás debidamente informada.

Me lo dijo en un tono tan cariñoso que el disgusto desapareció.

NO ERA UN COCHINITO

EL abuelo Fermín, desde que supo que pasábamos las Navidades en Madrid, se dio buena prisa en comprar un nacimiento de escayola para pintarlo y así montar un Belén con unas maravillosas figuras. Siempre que podía, la abuela Pepa me acompañaba hasta su casa de Leganés. Él nos lo pidió, deseaba que le ayudásemos con la elección de los colores.

Fuimos hasta Atocha y allí cogimos el tren que nos llevaba a Leganés. La abuela Pepa siempre protestaba, no porque no quisiera ir a casa de mis otros abuelos, sino porque decía que Madrid es insoportable por el tiempo que se pierde yendo de un sitio a otro. Luego, se alegraba, porque se lleva muy bien con la abuela Paloma, que además nos preparaba para merendar su riquísimo arroz con leche.

Cuando el Belén estuvo terminado, envolvimos cada figura en papel de periódico y las metimos con cuidado en varias cajas. Al día siguiente, fue papá y se lo trajo en el coche hasta casa. En la Plaza Mayor encontramos musgo, montañas, el portalito y todo lo necesario para que quedase un Belén de categoría. Mamá se encargó del árbol, y los demás, del nacimiento. A todos nos sorprendió mi hermano, que trabajó como el que más y dando unas ideas estupendas.

—Este chico tiene buen gusto —comentó el abuelo Fermín—. Desde luego, tiene madera de artista.

Se notó que es su nieto preferido, porque de mí no dijo nada. Tengo que reconocer que soy un poco patosa y, como dice mamá, parece que tengo las manos de trapo. Casi todo se me cae, y me despisto fácilmente. La abuela Pepa me defiende, y dice que esos despistes son de sabia distraída. De sabia nada, lo que pasa es que me quiere mucho. En esta ocasión puse todo mi empeño y no rompí nada más que una estrella sin importancia. Sin embargo, mi hermano no pierde ocasión de humillarme y de hacerme rabiar. Un día que yo venía tan contenta porque había hecho un Niño Jesús con arcilla en la clase de plástica, cuando lo vio, lo cogió, lo miró, lo puso boca abajo y dijo: «Te ha salido muy bien el cochinito». Entonces, me di cuenta que tenía los brazos y las piernas tiesas para arriba y puesto al revés se podía tomar por un animalito, pero lo hizo con mala idea porque bien se veía que no tenía rabito y que la cara era de un niño. Me dio tanta rabia que me encerré en mi cuarto y me harté de llorar. Nadie notó mi ausencia, tan atareados como estaban todos en los preparativos. Eso me produjo aun más pena. Decididamente no haría el resto de las figuras. Al rato, mamá me echó de menos y fue a buscarme.

—¿Qué te pasa? —preguntó con extrañeza al verme tan compungida.

—David, que tiene muy mala idea, siempre se está metiendo conmigo.

Aumentó la intensidad del llanto.

—Venga, cuéntame que ha pasado.

Me fui calmando a medida que contaba lo ocurrido.

—¡Ven, David! —llamó a mi hermano—. ¿Por qué siempre tienes que estar chinchando a tu hermana?

—Yo no le he hecho nada —se disculpó él—. Me enseñó una figurita y creí que era un cochinito, dije que estaba muy bien y se enfadó porque, según ella, era el Niño Jesús.

A mamá casi le da la risa.

—Desde luego, el comentario no era muy acertado, pero tampoco es para tanto —dijo dirigiéndose a mí—. Venga, que estamos en Navidad, daos un beso y en paz.

Ahí quedó todo y se me fue pasando el enfado.

Fueron unos días de mucho ajetreo en la casa, todos de vacaciones. Los abuelos llegaban por la mañana de Leganés y se quedaban hasta muy tarde. Menos mal que la abuela Paloma se encargaba de las comidas. Hasta la misma noche de Navidad estuvimos atareados, pero mereció la pena. El Belén con sus lucecitas, su río de agua corriendo como si fuese de verdad y un montón de figuritas alrededor del portalito. Las más bonitas eran las de los Reyes Magos y sus pajes.

La Nochebuena

En Nochebuena llegaron el tío Mario y Ana, su novia. Flipaban de ver el ambientazo que habíamos creado. Mi tío tenía antes otra novia, Encarna, muy seria y antipática. Ana, en cambio, es muy cariñosa. Ella era la que le decía, a veces: «Vamos a llevar a los niños al cine», y mi hermano y yo tan contentos.

Bueno, a lo que iba, que también se quedaron a cenar. Ayudé a poner la mesa y, ¡oh, sorpresa!, no rompí ni una copa. Habría sido una tragedia, porque era la cristalería buena. Pensé que mamá no me iba a dejar ni tocarla, pero no, solo me dijo: «Ten cuidado». Se ve que lo hizo para quitarme el complejo.

La mesa quedó preciosa, con un mantel azul y unas estrellitas como de plata. Lo trajo mamá de Canarias una vez que fue con papá de excursión, acompañando a un grupo de niños de su instituto. Unas flores con espumillón, unas velitas pinchadas en unos cristalitos brillantes, la vajilla que había sido de la abuela Pepa y que la trajo de muy lejos cuando viajaba por el mundo con mi abuelo Leopoldo, el mago, y la cristalería buena.

Cuando llegó la comida tuvimos que quitar algunos adornos, porque no cabía. Primero fueron los aperitivos, luego, la sopa, el pavo trufado, que es la especialidad de mamá y no lo hace nada más que esa noche (dice que para que lo cojamos con más gana), acompañado con puré de castañas y huevo hilado. Al final, los postres son tantos que casi no puedes probarlos todos. Mientras, sonaba una música muy de Nochebuena. Cuando todo el mundo estuvo satisfecho, recogimos un poco y abrieron una botella de cava para brindar. Hubo una polémica porque discutieron si mi hermano y yo debíamos hacer el brindis con cava o Coca-cola, que es lo que estábamos bebiendo. A mí me daba igual, porque no me gusta el cava, pero, al final, decidieron que nos echarían un poquito porque trae buena suerte.

Después de los brindis, cantamos villanci-

cos con la pandereta y la zambomba, y seguimos comiendo turrón, polvorones... y lo que más me gusta: las empanadillas rellenas de cabello de ángel.

—¡Atención! —dije intentando que me escucharan. Estaba tan contenta que se me ocurrió contar un chiste—. Os voy a contar una cosa muy divertida.

—¡Silencio! —dijo papá tratando de poner orden para que yo pudiese hablar.

—¿Qué quieres contar? —preguntó el abuelo.

—Un chiste muy divertido que contó un payaso en la fiesta de cumpleaños de mi amiga Flor.

—Venga —todos quedaron en silencio.

—¿En qué se parece una familia, un tren y una cabra? —nadie respondía, esperando a que yo desvelara el acertijo—. En que el tren pita, y la cabra tiene pitones.

—¿Y la familia? —preguntó la abuela Paloma.

—La familia bien, gracias.

Sonrieron, aunque no sé si les hizo gracia, pero mi hermano, como siempre, trató de ponerme en ridículo.

—¡Bueno! Vaya gracia, niña, eso es más antiguo que la pana.

—¿Y qué pasa? Yo es la primera vez que lo oigo.

—No te preocupes, Claudia —intervino mamá—, has estado muy bien. Y ahora ¿nos vas a recitar algo?

—No quiero, porque este tonto se volverá a reír de mí.

—Ya se picó —trató de justificarse David—. ¡Solo he dicho que es muy antiguo!

—Bueno, vale —dije yo.

No tuvieron que insistirme mucho, porque estaba deseando recitar, como otros años. Estuve pensando y me decidí por una poesía escrita por un señor que se llama Carlos Murciano. La aprendimos en clase, y venía muy bien para el momento:

Brújula, la bruja,
brujuleaba
por el senderillo
que a Belén llevaba.
Pañoleta fina
escobón pulido,

zuecos charolados
corpiño florido.
Se atusa el bigote,
zalamero el gato.
—María, tenemos
bruja para rato.
—Déjale que pase,
José, déjala.
Suena un caramillo:
do-re-mi-sol-fa.
Brújula, la bruja,
no dice palabra.
Ve al Niño y se olvida
del abracadabra.
Hinca la rodilla
sobre el suelo frío.
Sus labios dibujan:
Dios mío, Dios mío.

Todos estuvieron muy atentos mientras recitaba, y luego aplaudieron con mucha gana. La verdad es que me salió muy bien. Hice los gestos del gato y de la bruja y cambiaba de voz según hablase San José o la Virgen. Como siempre, quise demostrar que de mayor seré una buena actriz. La que más se emocionó fue la abuela Pepa. Aprovechando que estaba tan eufórica, le dije:

—Ahora te toca a ti.

—Yo no sé recitar.

—No, queremos que nos hagas algo de magia.

—¡Sí, sí! —gritamos todos.

—Veremos... —se quedó pensando. En silencio, aguardábamos su decisión. Suspense...—. Necesito una ayudante y quiero que sea Claudia.

—Vale, abuela —respondí satisfecha—. ¿Qué tengo que hacer?

—Ven conmigo. —Fuimos a su cuarto, mientras los demás se quedaron en el salón charlando y esperando el espectáculo—. Debes buscarme una palmatoria y un periódico. ¡Ah!, y la mesita que está al lado de la del tresillo, la colocas junto a la del salón.

—De acuerdo. Iré por el periódico, lo de la palmatoria se lo diré a mamá que sabe donde está.

—Espera. Ten en cuenta que ser ayudante de mago es un trabajo de mucha responsabilidad. Si fallas, puede ocurrir que toda la magia se evapore... vamos, que desaparece. Debes estar muy atenta para que todo funcione.

—Sí, lo comprendo —dije toda nerviosa—. Intentaré no despistarme.

Sacó de su maleta una gruesa vela y la puso en la palmatoria. Cuando estuvo todo preparado, se colocó una chaqueta muy ajustada de color verde brillante y un sombrero negro de copa.

—¿Cómo me queda? —preguntó contemplándose en el espejo.

—Estás muy guapa.

De verdad que no le mentía: los mechones de pelo azules le salían por debajo del sombrero, y la chaqueta ajustada resaltaba el buen tipo que conservaba a pesar de ser abuela. Se retocó la pintura de sus preciosos ojos negros y el carmín de los labios. Comprobé que era más presumida de lo que pensaba. Todo el material estaba esperando sobre la mesilla de noche. A mí me puso en la cara purpurina brillante que resaltaba con la luz.

—Ahora sales y me anuncias con mucho énfasis, dándole magia al momento. ¿Me entiendes?

—Sí.

—Lo harás bien, estoy segura, eres buena actriz.

—No te preocupes —dije toda halagada por la confianza que ponía en mí, a pesar de mis despistes.

—Yo aparezco sin nada, el material lo dejamos aquí, en el dormitorio, me lo vas dando a medida que te lo pida.

—De acuerdo.

—Lo primero que te pediré será la varita mágica. No te confundas. Antes de dármela, la mojas en el líquido de este frasquito. Ten cuidado de no derramarlo, porque es mágico y podría ocurrir una desgracia. Luego, los dos saleros que tienen los polvitos maravillosos. Por último la vela y el periódico. Estas dos cosas las dejas sobre la mesita.

En el salón, la gente se impacientaba.

—¡Un momento, ya vamos! —grité—. Papá, pon una música de misterio.

—De acuerdo, ya la tengo buscada —contestó él.

A David le dejamos encargado de las luces. Antes de que nosotros saliésemos, deberían estar la mitad apagadas, y en el momento de salir, todas encendidas. Con la música y la penumbra se creó un ambiente de brujería. Yo estaba nerviosa, esperando órdenes. Al fin, irrumpí como una aparición. David cumplió muy bien con su papel, y las luces brillaron en el momento adecuado.

—Señoras y señores, con ustedes... ¡LA BRUJA AZUL!

Los aplausos sonaron con fuerza cuando salió la artista. Esta hizo una profunda reverencia.

—Gracias, gracias. Aquí parece que hay poca luz...

—¿Quieres que ponga un foco? —preguntó papá.

—No, mejor será que mi ayudante me traiga la varita mágica. Claudia, por favor. —Yo obedecí rápidamente.

—Aquí tienes, Bruja Azul —dije alargándole el artefacto después de haberlo mojado en el líquido milagroso.

Cogió la vela. La espolvoreó con uno de los dos saleros que había sobre la mesa. La música seguía sonando en medio del silencio.

Le dio unas vueltas a la varita:

—Abracadabra, pata de cabra, espíritu juguetón, haz que esta vela se encienda de sopetón.

Hizo unos círculos en el aire y tocó el pábilo de la vela, pero este no se encendió. Los demás reían el fallo, pero yo sudaba ante el temor de que hiciera el ridículo.

—Este espíritu juguetón me ha hecho una mala pasada. Invocaremos a otro. O puede ser que hayan fallado los polvos mágicos. Cambiaremos a ver qué pasa.

Cogió el otro salero, echó algo sobre su mano, lo miró atentamente y lo olió.

—Espero que estos sean los milagrosos —dijo mientras untaba el pábilo.

Las mismas palabras y los mismos círculos. Ahora sí, con un simple toque de la varita, la vela se encendió.

—¡Bravo!, ¡bravo! —decíamos mientras sonaban los aplausos.

Ella saludaba como una verdadera artista. Yo recogí la vela y la apagué de un soplo.

—Gracias, gracias —decía la Bruja Azul—. Y ya que el espíritu burlón está de buenas, intentaré conseguir algo para ese pobre arbolito tan triste con tan pocos adornos.

Con la hoja del periódico, envolvió la vela. Actuaba con los brazos bien separados del cuerpo. Cogió el primer salero, con el que había fallado. No me gustó porque si volvía a ocurrir, todos íbamos a dudar de sus poderes.

—Señoras y señores, espero que el espíritu burlón no me traicione de nuevo. Claudia, echa tú los polvos, a lo mejor a ti te hace más caso.

Hice lo que me decía. Movió las manos en zig-zag de izquierda a derecha y otra vez a la izquierda y ¡zas!, rompió el rollo. De él salió un puñado de espumillón de colores y cintas de seda brillantes y preciosas. Todo fue tan rápido que quedamos perplejos y tardamos unos segundos en aplaudir.

—Ayudante, por favor —dijo dirigiéndose a mí—, tenga la bondad de poner estos adornos en ese triste arbolito.

Los aplausos continuaron mientras colocaba las cintas y el espumillón sobre el árbol, que con los destellos parecía sonreír a la bruja que le había puesto tan guapo.

Le pedimos que nos dijese cómo hacía esas maravillas, pero ella nada, no soltaba prenda. Se reía y repetía lo de siempre:

—Son los polvos mágicos que recibí en herencia de mi adorado Leopoldo —cuando decía esto, señalaba y miraba hacia el cielo.

Como nos habíamos cansado de cantar, decidimos poner música de baile. David, como siempre, dando la nota, dijo que él no bailaba. Fue mejor así, porque le dejamos encargado de cambiar y poner música. Hasta los abuelos se animaron y, aunque se movían un poco a lo antiguo, llevaban muy bien el ritmo. Mamá y yo bailamos unas sevillanas que nos salieron guay. Ana dijo que ella quería aprenderlas, y mamá se ofreció para enseñárselas cuando quisiera.

Eran ya casi las cuatro de la madrugada, nunca me había acostado tan tarde, pero, como me lo estaba pasando tan bien, casi no sentía el cansancio cuando papá dijo que era hora de irse a la cama. Los abuelos Fermín y Paloma no quisieron quedarse a dormir, decían que en su casa descansaban mejor, y se marcharon con Mario y Ana, mientras los demás recogíamos un poco el salón, que estaba hecho una leonera después de tanto barullo.

Los Reyes Magos

LO primero que hice por la mañana, al levantarme, fue llamar a Flor y contarle lo bien que me lo había pasado en la fiesta de Nochebuena y la hora a la que me había acostado.

—¿Qué te ha traído Papá Noel? —me preguntó ella.

—Nada, a mí me traen los regalos los Reyes.

—Eso no importa, a mí también, pero Papá Noel viene antes, me ha traído una Barbie y su bebé. Dice mi madre que es porque he sacado muy buenas notas.

Ya no quise seguir hablando porque me encontraba en inferioridad. La verdad es que las muñecas no son uno de mis juguetes preferidos, y menos aún la Barbie, que es más cursi que un ocho. Podría haber recibido otro regalo, porque también saqué buenas notas, pero nadie me lo había reconocido hasta ahora. Me pareció que en eso de los estudios no me hacían mucho caso, y así se lo dije a mamá.

—Lo de Papá Noel es costumbre de otros países —me dijo—. Aquí, en España, la tradición son los Reyes Magos y lo de dar un premio por las notas no me parece bien. Mira, Claudia, aquí cada uno tiene un deber: papá y yo trabajamos para que no os falte de nada; David y tú estáis en la edad de prepararos para el futuro y estudiar es vuestra obligación, así es que el sacar buenas notas es la recompensa por haber hecho lo que debíais. A David ya se lo expliqué y lo entendió, espero que tú también lo hagas.

Quedé convencida a medias, menos mal que los Reyes vinieron generosos: lo mejor de todo el *airgamboy*, ya no tendría broncas con mi hermano, que protestaba, y con razón, cada vez que le birlaba el suyo. También me trajeron un globo terráqueo interactivo con los ríos, montañas y animales de todo el mundo, dos caballos de peluche: uno grande y otro mediano, un maletín de belleza con luz (así no tendré que recurrir a las pinturas de mamá), un disfraz de maga junto con una caja para hacer juegos de magia (estoy segura de que esto es influencia de la abuela Pepa) y varios libros que me los devoré en una semana. David tampoco se podía quejar: un Power Ranger, un cuenta vueltas electrónico para el *Scalextric*, una caja de Juegos Reunidos que, realmente, es para los dos, un teclado electrónico con micro, también para compartir, y un *discman* con auriculares.

En cuanto terminaron las fiestas, la abuela Pepa se marchó a Sevilla y volvió la rutina. Como siempre, el primer día de clase después de las vacaciones estuve atontada, incapaz de concentrarme en los trabajos y en las explicaciones de los profes, deseando comentar con mis amigos lo que me habían regalado. No solo me pasaba a mí. Algunas niñas llevaban las muñequitas y las ponían encima de la mesa, ¡menuda chorrada!

Como casi todos estábamos pensando en lo mismo, recurrimos al procedimiento camuflado de comunicación, que era ir hasta la papelera, de dos en dos, y hacer como que sacábamos punta al lápiz. Todo tenía que ser con mucho disimulo para no molestar ni despertar las sospechas de Chelo. Yo no sé si se daba cuenta o se hacía la tonta, porque ella es así: a veces deja pasar las cosas, nosotros creemos que no se está enterando y de pronto, ¡zas!, salta y nos da el corte. Así fue como, harta de tanto trasiego a la papelera (la verdad es que nos pasamos un montón), dio un golpe en la mesa que nos asustó.

—¡Se terminó, cada uno a su sitio! ¿Qué pasa hoy con tanto ir y venir?

—Seño, es que los lapiceros son de los Reyes y están nuevos, tenemos que sacarles punta, y como usted dice que no tiremos las virutas al suelo... pues por eso —dije yo tratando de echar un cable a los que en ese momento estaban en el cotilleo.

—Ya salió la redentora —no sabía lo que quería decir aquello, pero, desde luego, nada bueno—. Anda y ocúpate de lo tuyo, que estáis todos como atontados. Y daos prisa, porque el que no haya terminado los deberes de lengua no sale al recreo.

No sé si cumpliría su amenaza, pero, por si acaso, todos pusimos gran diligencia en terminar.

En el recreo nadie jugaba, todo el mundo hablaba y enseñaba los regalos que había podido traer: a Lucas, que es un niño de 6.°, le habían traído más que a nadie. Me lo comentó David porque lo conoce bien y se lo había contado, está en su misma clase. Dice que sus padres son muy ricos, y que tienen unos coches estupendos, pero él es un solitario y juega poco con los demás, parece triste. Vero dice que le gusta porque es muy guapo, y lleva razón, pero él no le hace mucho caso.

No era corriente que en los recreos estuviésemos juntos las niñas y los niños, casi siempre estábamos cada uno por nuestro lado, pero aquella ocasión fue un poco especial.

Aprovechamos que todos estábamos reunidos, por aquello de contar cómo habíamos pasado las fiestas, y entre unos cuantos llegamos a un acuerdo de construir una pequeña cabaña. El patio es muy grande, está en cuesta y a la parte más alta no va casi nadie: ese era el mejor sitio para situarla. Se aproximaban días de frío, y Petri, que es la hija de Juan el conserje y está en 4.°A, nos dijo que sabía dónde había corchos y cartones suficientes porque era embalaje de material que había llegado y que lo iban a tirar. Si quitábamos alguno no hacíamos mal a nadie. Así es que quedamos que, al día siguiente, empezaríamos la obra.

La cabaña

LA primera idea de la cabaña fue mía, y todo hubiese sido muy divertido si no se meten los marimandones de Toño y José. Sí, porque como son niños, se creen con el derecho de manejarlo y disponerlo todo y a mí me da mucha rabia y no lo admito.

Empezaré por el principio: Curro y yo salimos antes del recreo, como si fuésemos al lavabo, y nos juntamos con Petri, con la que ya habíamos acordado la cita. Muy rápido, llevamos los materiales necesarios hasta donde íbamos a situar la cabaña. Los que interveníamos en el invento éramos tres chicos: Toño, José y Curro y cuatro chicas: Petri, imprescindible para los materiales, Vero, Flor y yo.

En cuanto tocó el timbre del recreo, salimos de estampida y allí estábamos los siete dispuestos a trabajar. Los chicos cogieron el mando y empezaron a darnos órdenes de cómo se debía hacer: clavamos bastantes palos, empecé a golpearlos con una piedra para que estuviesen bien fuertes y enseguida llegó el listo de Toño y dijo: «Déjame que yo tengo más fuerza». Le dejé de mala gana, pero pensé que a lo mejor tenía razón. Cuando los palos estuvieron bien clavados, los rodeamos con unos paneles sujetándolos con montones de tierra. Unas tablas clavadas a los palos (Petri se portó de miedo, porque nos proporcionó martillo y clavos) servían de soporte para los cartones y paneles del techo sobre los que pusimos piedras para que no se los llevase el viento. Yo quedé en llevar al día siguiente unas cortinas de baño viejas que seguro que me dejaba mamá, para ponerlas en la puerta. Aunque era una obra de aficionados, no nos quedó mal. Dentro cabíamos hasta cuatro, bien apretujados.

Mi idea de la cabaña era que sirviera para resguardarnos del frío y poder estar allí charlando de nuestras cosas sin que nadie nos molestara, y también, lo tengo que confesar, para poder hacer algo distinto, de tapadillo, como en secreto; pero se ve que los chicos no pensaban lo mismo: querían jugar a los piratas, y nosotras deberíamos permanecer dentro como prisioneras mientras ellos se peleaban de mentirijilla por rescatarnos. Pensamos: «Bueno», y allí nos quedamos las cuatro tontas quietecitas, esperando a nuestros libertadores. ¡Vaya un recreo aburrido! Terminamos charlando las unas con las otras.

Ya en casa, pensé que aquello debía cambiar. Llamé a mis amigas y todas estábamos de acuerdo en que teníamos que plantar cara a los chicos.

—Oye, tío —le dije a Toño, que era el más mandón—, no queremos jugar a un juego tan machista.

—Tú eres tonta, niña, ¿por qué es machista?

—No le digas tonta a mi amiga —me defendió Flor—. Claudia lleva razón, porque vosotros lo organizáis todo sin contar con nadie.

—Y vosotras, ¿a qué queréis jugar? —preguntó Curro.

—Vale que juguemos a los piratas —respondí—, pero unas veces hacéis vosotros de prisioneros y otras nosotras.

—Eso no puede ser, porque las niñas no son piratas— intervino José.

—Otro machista, ¡no te digo! —le dije enfadada—, sois unos antiguos, eso era hace muchos años, ahora las mujeres pueden ser de todo.

Total, que entre unas cosas y otras se nos pasó otro recreo en discusiones sin poder disfrutar de nuestro invento. Al día siguiente, nos plantamos las cuatro chicas y les dijimos que mejor se fueran a jugar al fútbol, que es lo único que saben hacer los chicos. Esto les sentó muy mal, así que empezó otra vez la discusión.

Así pasamos los tres primeros días, hasta que José, Curro y Toño se aburrieron y nos dejaron por imposibles. Cuando nos vimos liberadas, nos pusimos a charlar tan animadamente dentro de nuestro refugio que se nos pasó el tiempo volando. Cuando salimos no había nadie en el patio, todos estaban en clase. Había sonado el timbre de entrada y no nos habíamos dado ni cuenta. Petri podía decir que se había entretenido en el servicio, pero ¿y nosotras? Entramos en clase todas cabizbajas esperando la reprimenda.

—¿Se puede saber de dónde venís las tres? —nos preguntó Chelo con tono de reproche.

—Es que Vero se ha lesionado un pie y hemos ido a secretaría para que le pongan un *spray* —dije lo primero que se me ocurrió.

—No la crea, seño —dijo Toño en voz bien alta—, es que han estado en la cabaña.

—¿En la cabaña? ¿Y eso qué es?

—Es que para no pasar frío hemos hecho una cabaña en todo lo alto del patio, por eso no hemos oído el timbre —se defendió Vero.

—Venga, a trabajar. Y tú, Claudia, parece mentira: además de impuntual, embustera.

Pasé tanta vergüenza que en ese momento me hubiese abalanzado sobre Toño para ajustarle las cuentas, por chivato.

Al día siguiente, encontramos nuestra «casita» toda destrozada. Los chicos dijeron que ellos no habían sido y que seguramente fue culpa del viento. Otros nos dijeron que no, que fueron unos de sexto. Se lo pregunté a mi hermano y no me quiso decir nada. Casi lloro al ver que nuestra obra había quedado reducida a un montón de cartones, paneles, palos..., todo roto y esparcido por la tierra.

Pero aún nos quedaba el último susto: nos llamó el director a su despacho. Acudimos muertas de miedo.

—Ahora mismo vais a recoger todos esos materiales, que no sé cómo habéis podido llevar, y los colocáis en los contenedores de basura.

No me pude aguantar y me chivé:

—También han sido otros chicos.

—Decidme quiénes son —respondió el director.

Al ratito de decirles sus nombres, allí estaban ellos con cara de pocos amigos. Todos cumplimos la orden sin rechistar.

El problema de Lucas

FUE Vero la primera en darse cuenta de que faltaba Lucas. Me lo dijo no solo porque soy su amiga, sino porque podía preguntárselo a mi hermano, que está en su misma clase. Me pidió que no lo comentara con nadie, y que si se lo preguntaba a David, no desvelara el porqué de mi interés. Es que a Vero le da vergüenza reconocer que le gusta. Yo la comprendí y decidí guardar el secreto porque eso es lo que se debe hacer, no como Laura, que se enfadó con Raquel, su mejor amiga, y dijo que no quería juntarse más con ella y, entonces, en venganza, se chivó al profesor de inglés de que Raquel había dicho que era un borde. Es verdad que todos decimos que es un borde, pero chivarse de esa manera está muy mal. El profe no dijo nada, aunque, desde entonces, se le nota la manía que le tiene a Raquel.

Cuando llegué a casa, le pregunté a David por Lucas:

—Se ha marchado a otro colegio —me dijo.

—¿A otro colegio? Qué raro.

—¿Qué pasa?, ¿es que te gusta?

—¡Ya está el niño idiota! A mí no me gusta, es solo que lo he echado de menos.

—No se lo digas a nadie, pero ha sido una historia muy rara.

—Te prometo guardar el secreto. Cuéntame —le dije.

—Resulta que llevábamos una temporada en la que faltaban cosas a distintos compañeros, ya sabes: bolígrafos, cuadernos, algún archivador... Nada de importancia, pero ya estábamos mosqueados porque siempre era en nuestra clase. Comenzamos a sospechar unos de otros, sobre todo de uno que viene del barrio de abajo y parece más pobre. Hasta que un día nos llevamos la gran sorpresa: durante la hora del comedor, pillaron a Lucas en secretaría metiendo la mano en un cajón donde había dinero del cobro de las comidas.

—¿Y eso quién te lo ha dicho? —pregunté, porque no me creía lo que estaba oyendo.

—Pepe, uno de 6.° C que entró con una de las cuidadoras para llamar por teléfono, fue testigo de lo que ocurrió.

—¿Y Lucas qué hizo? —pregunté sin salir de mi asombro.

—Se echó a llorar y dijo que era la primera vez que hacía algo así, que no se lo dijesen a sus padres. Ni el director ni el tutor se creyeron eso de la primera vez y lo sometieron a un interrogatorio, en el que acabó confesando que también había sido el autor de los robos de la clase.

—¿Y de eso cómo se ha enterado Pepe?

—Porque, viendo que no volvía a clase, lo llamó, quedaron en verse y se lo contó todo; también le dijo que el director avisó a sus padres. Ellos se llevaron un disgusto, y él, una bronca. No podían creer que su hijo fuese un ladrón, ya que al niño no le falta de nada. La familia creyó que era mejor cambiarlo de colegio porque en este seguro que la tomaban con él. Ahora va a uno muy caro que está fuera de Madrid. Todas las mañanas lo recoge el autobús.

Como me costaba trabajo creer aquella historia, se la comenté a mamá. Pensé que eso no era faltar al secreto, porque ella no conoce a Lucas.

—Mamá, ¿cómo puede ser que un niño que tiene de todo se dedique a robar? —le pregunté, después de contarle la historia.

—Seguro que tu hermano no te ha contado ningún cuento. Hace unos años, yo tuve un alumno que hizo igual que ese niño. También les pasa a los mayores, son personas cleptómanas que roban, no porque lo necesiten, sino por un impulso que les lleva a coger todo lo ajeno. Es como una enfermedad que tiene que ser tratada por un psicólogo. Nos informaron que se da en niños que tienen falta de cariño.

Entonces lo comprendí porque, de verdad, era un niño triste.

Desde la conversación tan seria que mantuve con mi hermano, parecía que nos íbamos a llevar mejor, pero, ¡qué va! Aunque reconozco que esta vez tuve yo la culpa.

Fue el día de los enamorados: yo ya sabía que es costumbre entre algunos de los mayores, mandarse tarjetitas unos a otras y otras a unos, cada cual pone lo que le parece. Si la tarjeta va acompañada de una cinta azul, significa amistad, si va con una negra, odio y si es roja, amor. Sospechando algo y no pudiendo vencer la curiosidad, mientras él estaba en la clase de judo, me dediqué a registrarle sus cosas y encontré una tarjeta con lazo rojo. Era de una niña de sexto A, es decir, de su clase. Se llama Loreto y es muy guapa. Solo ponía: «*A la salida nos vemos. Tenemos que hablar. Loreto*».

Lo reconozco, fui una chivata:

—David tiene novia —dije delante de papá y mamá mientras cenábamos.

—Esta niña es tonta —dijo él—. ¿De dónde sacas eso?

No respondí. Fui a su cuarto, busqué la tarjeta que lo delataba y la puse encima de la mesa.

—¡Eres imbécil! —gritó mientras guardaba la prueba—. ¿Quién te ha dado permiso para meter las narices donde no te llaman? Papá, luego no digas que yo tengo la culpa. La próxima vez le doy una torta que se entera —dijo con mucha rabia. Menos mal que no estaba sola, si no, me gano una buena colleja.

—Venga hombre, no es para tanto, no te pongas así —intervino papá tratando de calmarlo—. Y tú, Claudia, debes ser más respetuosa con las cosas de los demás, sobre todo en lo que corresponda a su vida privada.

—Él también me registra y mira lo que le da la gana —protesté.

—Vale, promete que no volverás hacerlo, Claudia —intervino mamá.

—Díselo también a él.

—Bueno, los dos.

Nadie dijo nada y terminamos la cena en paz.

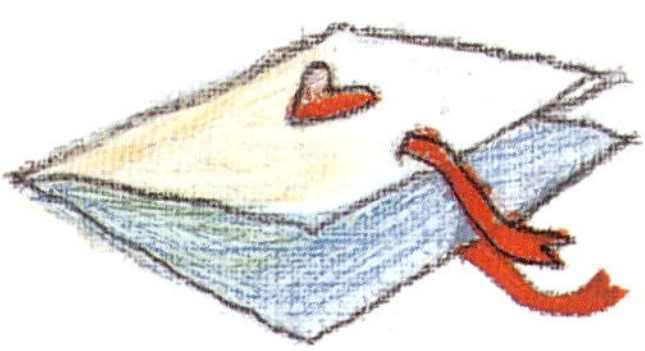

El fracaso del «conejo»

DESDE el incidente de la cabaña, las relaciones con los niños ya no fueron como antes. No es que estuviésemos enfadados, no, es solo que casi nunca jugábamos juntos. Ellos a lo suyo y nosotras a lo nuestro. Hasta Toño y José, que eran a los que menos les gustaba el fútbol, echaban un partido de vez en cuando. Le pregunté a Curro por qué les había vuelto la afición, y me dijo que ahora jugaban de lateral derecho y no era tan aburrido como de portero. No entendí la diferencia entre un puesto y otro.

Sentía aquella situación de distanciamiento porque Curro me seguía gustando, y él no me hacía caso. Cuando pensaba que en el fondo había inventado lo de la cabaña como forma de acercarme más a él, me daba una rabia que no sé. Pero, en fin, así estaban las cosas y tampoco me iba a amargar la vida.

Para la semana cultural, como otros años, yo me apunté a teatro. Los de 4.° B, unos diez, éramos los actores; para ensayar teníamos que madrugar, veníamos una hora antes de que empezaran las clases y con Chelo preparamos una obra muy ecologista: *El guardián descuidado*. Trataba de un señor irresponsable que dejó caer una colilla y de un guardabosques que se descuidó y no vio que se formaba una pequeña llama hasta que ardió parte del bosque. Murieron muchos animales y los que quedaron, después de llorar la muerte de sus compañeros, cada uno por separado, se dirigían al público intentando convencerles de lo importante que son los bosques y de cómo debemos cuidarlos.

Yo hacía de conejo. La abuela Paloma me hizo un disfraz precioso, aunque era incómodo. El papel me lo sabía de memoria. Me lo había tomado mamá y lo decía de carrerilla, pero, cuando me tocó el turno, me puse nerviosa. Fue, sobre todo, cuando el foco grande se posó solo en mí. Todo era silencio, y yo allí con mi cabeza de conejo envuelta en aquel haz luminoso que me atontaba. Nadie se movía:

esperaban mi discurso. La mente se me quedó en blanco, no recordaba nada. La luz me cegaba y no veía a nadie. Comencé a sudar. Menos mal que el disfraz me tapaba las lágrimas, que corrían como ríos, hasta que no pude más y salí corriendo detrás del escenario. Chelo empujó a un pájaro que venía después, y la función continuó mientras todos, detrás del telón, trataban de consolarme.

—Hija, no te pongas así —me decía mamá, ya en casa—, eso le puede pasar a los mejores actores.

—Lo llevas claro, niña —dijo mi hermano, tan desagradable como siempre—. Tendrás que espabilarte si quieres ser actriz.

Desde entonces, pienso que no es tan fácil la vida de los actores.

Con la alegría de la proximidad de las vacaciones de verano, el incidente se me fue olvidando y nadie me lo volvió a recordar.

Acudí el último día de colegio toda nerviosa. Aunque esperaba buenas notas, nunca me quedaba tranquila hasta que las veía escritas en el boletín. Salimos al patio comentando unos con otros, algunos tristes y otros, como yo, muy contentos con las calificaciones. Estaba deseando que las vieran papá y mamá y compararlas con las de David. También él es buen estudiante.

Antes de despedirnos, los más amigos nos intercambiamos las direcciones para escribirnos en verano y, ¡oh sorpresa!, se me acercó Edu, el de 5.°, que hacía un montón de tiempo que no se ocupaba de mí, y me enseñó su boletín, muy orgulloso. Las notas eran mejores que las mías. Me sorprendió, no sabía que fuese tan listo. Tomé su dirección, y él, la mía. Como lo de Curro no funcionaba y Edu ya había dejado de hacer el burro, no me importó ser su amiga.

En Sanlúcar de Barrameda

UNA vez que todos tuvimos vacaciones, comenzamos a preparar las cosas para marchar a Sanlúcar de Barrameda, donde, como siempre, nos esperaba la abuela Pepa con la casa limpia y preparada para pasar el verano.

Cada uno era el encargado de su equipaje, aunque a mí, como era la pequeña, me ayudaba mamá. Discutíamos porque yo me lo quería llevar todo, y luego venían las broncas con papá porque no cabía en el coche tanto chisme. Otro problema era la hora de salida, nunca estábamos de acuerdo. La cosa estaba dividida: mamá y David no querían madrugar, mientras que papá y yo queríamos salir lo antes posible y no nos importaba el madrugón. Al final, nadie se salía con la suya: ni tan temprano como unos ni tan tarde como otros. Eso sí, teníamos que prometer que, durante el viaje, no habría peleas entre mi hermano y yo, cosa bastante difícil porque eran muchas horas de coche y, al final, surgían los roces.

Cansados pero contentos, llegamos a Sanlúcar. Desde lejos divisamos a la abuela asomada a la terraza, pendiente de ver aparecer el coche. En cuanto nos vio bajó para abrir la verja del jardín e inmediatamente se puso al piano del salón para recibirnos con música. Parecíamos reyes llegando a palacio. Ella era así de original.

La casa está en la Avenida de las Piletas, muy cerca de la playa. Es antigua, pero grande. Tiene habitaciones para todos y aún quedan dos para otros invitados. Lo que más nos llama la atención del salón es el piano que David y yo tratamos de tocar en cuanto tenemos ocasión. La abuela dice que aprendamos música porque lo único que hacemos es aporrearlo y lo vamos a desafinar.

La casa está rodeada por un jardín no muy grande, pero con muchas flores. Queremos que la abuela haga en la parte de atrás una piscina, porque es lo único que le falta, pero ella dice

que no tiene dinero. Papá y mamá algún día la harán, pero se ve que no andan muy largos de euros porque nunca se deciden. El día que la tengamos será estupendo, y no tendré que ir a casa de Lola a bañarme.

Arriba hay un desván con baúles y maletas llenos de ropa y cosas de magia de cuando mi abuelo Leopoldo actuaba por el mundo entero. A veces le pido las llaves para abrir y registrar todo lo que, para mí, es un tesoro, pero no me las deja, dice que cuando sea mayor. Solo puedo escudriñar con ella delante.

Cada uno colocó sus cosas. Para mí era muy fácil porque el dormitorio es más grande que el de Madrid, y me cabe todo estupendamente. Ya no me traigo libros porque en la playa ponen una caseta que llaman «La Biblioplaya» y puedes coger los que quieras, leerlos allí o llevarlos a casa. Es estupendo.

Cuando todo estuvo ordenado, llegó la abuela. No me pude aguantar y le di un abrazo. Ella me cubrió a besos:

—Tenía muchas ganas de verte.

—Y yo.

Al decir «ganas de verte» noté que se refería a mí sobre todo.

—Abuela, este verano me tienes que enseñar a ser un poquito bruja.

—¿Quieres decir que te enseñe los secretos de la brujería?

—Sí.

—Eres un poco pequeña, pero en fin, veremos lo que podemos hacer.

—Prométeme que será antes de mi cumpleaños —le pedí.

—¡Pero si aún falta más de un mes! —respondió riendo—. Eres una impaciente. Ya tendremos tiempo de hablar, acabas de llegar, y el verano es largo.

Salió y me quedé con la duda de si, realmente, mi abuela quería que yo fuese su sucesora.

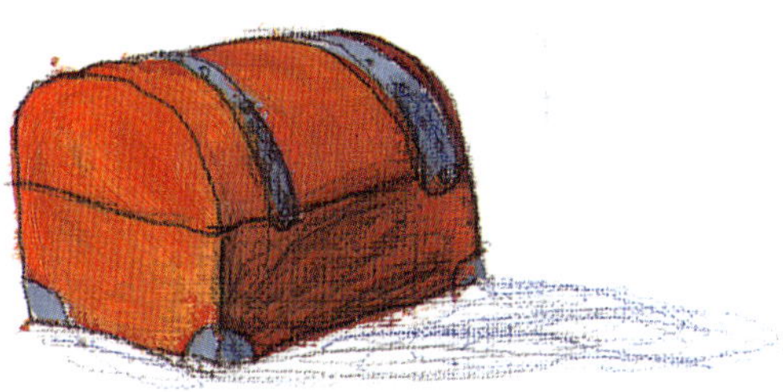

LA CARTA DE EDU

MIRÉ el sobre una y otra vez. Sí, no había duda, la carta era para mí. Venía de Madrid y la remitía Edu. Me puse muy nerviosa, porque nunca había recibido carta de un chico. Además, no quería que mi hermano lo supiera porque sé que me daría la vara, así es que me encerré en mi cuarto.

Hola Claudia:

Todavía estoy en Madrid y hace un calor horrible. Muchos amigos, como tú, ya se han marchado de vacaciones, pero aún quedan algunos que, como yo, lo haremos en agosto. Casi todos los días nos vamos a la piscina. Me he sacado un bono de 20 baños para que salga más barato. Por la tarde, montamos en bici y echamos algún partido en la plaza que hay junto a la iglesia. A veces vie-

nen los más grandes o los del otro barrio y quieren echarnos, ya sabes, pasa como en el colegio cuando cogíamos las pistas. No sé por qué, pero siempre me toca a mí dar la cara, los demás se acobardan y quieren dejar el sitio. ¡Ni hablar! Nosotros llegamos primero.

Este año nos vamos a Marbella en vez de a Benidorm. Han alquilado un chalet entre mis padres y mis tíos. Menos mal, porque como estaré con mis primos, que son de mi edad, no me aburriré. Dice mi madre que así no daré tanto la lata. Es verdad, otros años ha sido horrible tener que estar siempre con mis padres, ellos lo deben comprender, y es que ser hijo único también es un problema.

Bueno, contéstame antes de que me marche. Pásatelo bien. Adiós.

EDU

La leí una y otra vez y comprendí que escribir una carta era una buena forma de demostrar el interés por una chica, mucho mejor que dar empujones y hacer el bruto como hacía antes.

Solo se la enseñé a Lola, que es la mejor amiga que tengo en Sanlúcar. Ella vive en Sevilla, pero también tiene casa aquí. Siempre es la primera en llegar, en cuanto dan las vacaciones. Ella y sus dos hermanos más pequeños, Luis y Jaime, vienen con su madre, su padre lo hace después.

Quedamos en que al día siguiente iría a su casa para contestarle. Ella me ayudaría, porque yo no sabía cómo hacerlo.

Hola Edu:

Me gustó mucho tu carta y quiero que lo pases tan bien como yo. Tengo muchas amigas y todos los días, por la mañana, nos vemos en la playa. Esta playa no es como todas, porque cuando la marea está baja parece que el agua desaparece, como si un gigante se la bebiera. Se ve allá lejos, pero no se puede uno bañar. Entonces, nos dedicamos a ir a los corrales, que son como unas piscinas, no sé cómo explicarlo para que lo entiendas: son unas cercas de piedra que se quedan con una poquita de agua. Allí hay rocas y se pueden coger cangrejos y pececi-

llos. No se deben levantar las piedras porque se matan las crías, pero muchos amigos de mi hermano son unos brutos y no hacen caso, lo levantan todo porque quieren coger más que nadie. Otras veces nos quedamos en casa de Lola, que es mi mejor amiga y tiene piscina. Te manda recuerdos y dice que tiene ganas de conocerte. A ver si algún año tus padres se deciden y alquilan aquí, que también hay chalets muy bonitos.

Por las tardes, paseamos por la Plaza del Cabildo, que es el centro. Tomamos helado y estamos hasta muy tarde. Nuestros padres nos dejan porque ellos también andan por allí. Nos acostamos tarde, pero no importa porque por la mañana nadie madruga. Es estupendo estar de vacaciones. Adiós, un beso.

CLAUDIA

Lola y yo estuvimos discutiendo sobre cómo hacer la despedida. Al final, pensamos en mandar un beso, aunque él en su carta no lo había hecho porque seguro que le daba corte. Pero un beso no significa nada, ¿no?, los amigos también se besan.

EXCURSIÓN A CHIPIONA

A Susana la conocí el verano pasado en la playa. Tiene doce años, o sea, la edad de mi hermano, que me lleva algo más de dos. Es muy divertida y me gusta estar con ella. Muchas tardes, después de la siesta, se viene a casa. Se le da muy bien hacer peinados, dice que quiere ser peluquera, y como tengo el pelo bastante largo, en la parte de delante me hace unas trencitas afro que me sientan muy bien. Mamá dice que el pelo se estropea. ¡Bah!, eso es una bobada, además es solo por unos días.

También jugamos al parchís, por eso una vez me di cuenta de que quien realmente le importaba a Susana era mi hermano: una tarde estábamos terminando una partida y me dejó plantada para marcharse con él. Me sentó muy mal, pero no dije nada para que siguiera siendo mi amiga.

—Mañana vamos a hacer una caminata por la playa. Si somos capaces, a lo mejor llegamos hasta Chipiona, ¿quieres venir? —me dijo un día.

—¿Quiénes vais?

—Alfonso, Quinito, Carmelo y algunos más.

—¿No van chicas?

—No, por eso quiero que vengas, así seremos dos.

«Vaya morro —pensé—, por eso me lo dice». A pesar de todo, la idea me gustaba, así que decidí pedir permiso. A mamá no le hizo gracia, pero, al final, cedió.

—David, te pido, por favor, que cuides de tu hermana.

—Yo no pienso ir de niñero —dijo el muy borde.

—Ni yo lo consiento, ¡qué se habrá creído este niño! —Lo dije con pena, no porque se aguara la excursión, sino por el desprecio de mi hermano.

—David, creo que estás equivocado. Claudia sabe cuidarse sola, ya es mayorcita —intervino la abuela.

—De acuerdo, que haga lo que quiera, pero

que no se le ocurra traer a ninguna de sus amigas, son unas pijas y no las aguanto.

—Mis amigas no tienen nada que ver en esto —repliqué yo—, además no son pijas, lo que pasa es que todos los chicos sois igual de machistas.

—¡Ya salió! Esta niña es tonta, siempre está con lo mismo.

—Bueno, no empecemos ahora otra discusión. Tú —dijo mamá dirigiéndose a mí y tratando de poner calma—, ten mucho cuidado, y tú —encomendó a mi hermano—, trata de ayudarla si se ve en un apuro.

Una brisa fresca aliviaba el fuerte calor. Arrancó la comitiva, teníamos que aprovechar la marea baja. Yo, al lado de Susana, ni siquiera miraba a David, para que no creyese que quería su protección. En la mochila, como todos, llevaba buena provisión de agua y bocadillos. Carmelo, el mayor, marcaba el ritmo. Al principio íbamos todos muy serios, como si fuésemos a una expedición importante. A mí aquello me sonaba a aventura, y eso me hacía ilusión. Al poco rato, Susana se puso al lado de mi hermano y dejé de existir para ella. Aquel plante me sentó muy mal. Los dos hablando amigablemente y a mí, ni caso. Entonces, me arrimé a Quinito, que era el más simpático, y charlando con él se me pasó el enfado. Por fin, paramos, nos sentamos encima de unas rocas, y nos comimos el primer bocata. Según los chicos, estábamos a mitad de camino. Pensé que se me iba a hacer un poco aburrido porque, hasta ahora, solo andar y andar. No me dejaban que cogiese cangrejos en los corrales ni nada. Como en aquella pandilla era el último mono, pues no podía ni rechistar.

—Vamos a entrar un poco por la zona de las huertas —propuso Carmelo cuando ya estaba al borde del agotamiento. Hasta entonces no me había dado cuenta de que junto a la playa había zonas plantadas y muchos frutales.

—Vale, tío. ¿Tú conoces esto? —preguntó mi hermano.

—Sí, he venido varias veces con un amigo mío y hay una casa abandonada con árboles y fruta que nadie recoge.

Todos aceptamos la propuesta y aquello empezó a parecerse más a una aventura, sobre todo por eso de meternos en una casa abandonada.

No tuvimos que andar mucho para dar con ella. La verdad es que no era como me la había imaginado: grande, con una escalera que llevaría a un torreón y abajo un sótano lleno de trastos antiguos. Dentro sólo había un salón todo derruido y, detrás, un cuartucho con mucha porquería. En lo que había sido la huerta, un melocotonero con la mayoría de la fruta llena de gusanos.

Lo único bueno era una higuera. Alfonso trepó y nos tiraba los higos desde arriba. A pesar de estar calientes, eran muy dulces. A mí me encantaron y me di el lote. Harta, me senté a la sombra, y los demás terminaron por hacer lo mismo. Me entraron ganas de hacer pis y fui hacia el cuartucho de la casa. No era la primera que lo hacía, se notaba por el olor. De pronto, oí un ruido extraño, suave... Terminé como pude; muerta de miedo, seguí en silencio tratando de descubrir de dónde procedía aquel sonido que parecía un maullido. Una gata enorme, o al menos así me lo pareció, cruzó con un gatito muy pequeño en la boca. ¡Qué horror! Parecía que se lo iba a comer. Me armé de valor y la seguí. Debajo de unas vigas rotas y aprovechando su sombra, había otros cuatro gatitos que esperaban a su madre. Esta depositó el que llevaba en la boca con sumo cuidado. Entonces, comprendí que esa era la forma en que los gatos transportan a sus crías.

Salí corriendo para comunicarle a los demás mi descubrimiento. No se mostraron tan sorprendidos como yo esperaba, pero fueron hasta donde les indiqué. La gata nos miraba con cara de pocos amigos.

—¡Cuidado! —gritó Carmelo antes de que pudiese meter la mano intentando coger a una de las crías—, la madre creerá que le vas a hacer daño y te puede atacar.

Bien que se lo agradecí porque, según la vi de furiosa, no sé lo que me hubiese hecho. Así que nos conformamos con seguir mirando un buen rato mientras ella amamantaba a sus hijitos.

—¿No creéis que deberíamos regresar ya? —propuso Susana—. Si la marea sube, a lo mejor no podemos pasar.

—¡Qué va! —respondió el enterado de Carmelo—. Aún queda mucho para que llegue a las rocas.

—Si os parece, en vez de seguir por la playa, continuamos por estos caminos que también llegan a Chipiona.

—¿Y si nos perdemos? —dije tratando de disimular el miedo.

—Que no, mujer, no te preocupes, ¿estás cansada?

—Un poco.

—Bueno, vamos a dar una vuelta por aquí y volvemos.

Seguimos viendo huertas, pero todas con amo y algunos perrazos como guardianes. Decidieron, por fin, buscar la playa, dejar lo de Chipiona y regresar antes de que subiera la marea. Esa era la intención, pero, a partir de aquí, las cosas se complicaron y comenzamos a dar vueltas de unas veredas a otras sin encontrar la bajada a la playa. Había gente a la que podíamos preguntar, pero como los chicos son todos unos enterados, pues no querían.

Así estuvimos un buen rato, hasta que Susana preguntó a una señora que estaba en la puerta de una casa. Demasiado tarde. La marea había cubierto los pasos por las rocas y, por ahí, era imposible el regreso. Después de muchas discusiones en las que se echaban la culpa unos a otros, volvimos a un camino. ¿Dónde estábamos? Nadie lo sabía. Sentíamos que las familias se empezaran a preocupar.

—Tengo el móvil, si os parece, llamo a mi padre para que venga a recogernos —dijo Susana.

—Hija, podías haberlo dicho antes —protestó mi hermano.

—Oye, encima que trato de dar la solución no me eches la bronca. Además, en un coche no cabemos todos.

—Eso tiene arreglo, que llame a mi casa y así vendrán dos coches.

—De acuerdo, ¿y dónde nos recogen? Tendremos que volver a preguntar y que alguien nos diga el sitio exacto donde estamos.

Se armó el barullo. Discutían unos con otros para ver de quién había sido la culpa, pero Susana, que era la que tenía el teléfono, no hacía nada.

—¡Venga tía! No te enrolles y llama de una vez —le gritó mi hermano.

No hubo necesidad. Como adivinando el deseo, sonó el teléfono. Era el padre de Susana. Por sus respuestas y por la cara que ponía, notamos que le estaba echando una bronca.

—Mi padre está muy enfadado —informó al grupo cuando terminó—, quiere que le digamos exactamente el sitio donde estamos para venir a recogernos.

—Lo primero que tenemos que hacer es situarnos —comentó mi hermano—, y luego llamaré a casa para que vengan los dos coches.

Pasó por nuestro lado un señor y a mí me pareció que tenía cara de buena persona. Había que tomar una decisión, así que la tomé:

—Por favor, señor, estamos perdidos...

Antes de que yo pudiese seguir con mis pesquisas, intervino el mandón de mi hermano que, como siempre, quería ser el protagonista. Le explicó que lo que necesitábamos era que nos dijera el lugar exacto donde nos encontrábamos, y cómo llegar desde Sanlúcar, porque nuestros padres vendrían a recogernos.

El hombre se quedó pensativo. Nos miraba como diciendo: «Vaya panda de tontos». A lo mejor no era así, pero a mí me lo pareció. Todos estábamos en silencio esperando su respuesta.

—¿Puedo hablar con alguno de los padres? —dijo—. Es mejor que se lo explique directamente.

—Sí —respondió Susana mientras marcaba el número—. Tome, es mi padre —dijo, alargándole el teléfono.

—Mire usted —empezó a decir—, salga por la carretera de La Jara hacia Chipiona. A la derecha, pregunte por la Venta Aurelio. Yo acompañaré a los chicos hasta allí. Es un buen sitio para que esperen... —mi padre debió decirle que quería hablar conmigo, así que me pasó el teléfono.

Cogí el aparato entre sorprendida y temerosa.

—Claudia, ¿te encuentras bien? —era papá.

—Sí, no te preocupes. ¿Estás con el padre de Susana?

—Sí, estaba preocupado por vuestra tardanza y fui a buscarlo. Tranquila, iremos a por vosotros. Un beso. —Me puse muy contenta al ver lo buen padre que era.

Nuestro salvador nos dejó en la Venta, y le dimos las gracias antes de despedirnos de él. Aunque estábamos a salvo, nos volvieron a entrar los nervios, porque se hacía de noche y los padres no aparecían. ¿Y si no daban con la Venta? Por estos caminos no hay ninguna señal. A lo mejor tendrían que pedir ayuda a la Guardia Civil. Tengo que confesar que, a pesar de las dudas y el miedo, la cosa empezaba a gustarme un poco, porque estaba viviendo una aventura que luego podría contar a mis amigas de Madrid.

En estos pensamientos estaba cuando, por fin, aparecieron los coches.

—¡Papá! —me agarré a su cuello y casi rompo a llorar de la alegría.

Nos acoplamos bien en los coches, y durante el regreso casi no hablamos.

Sin embargo, esta aventura tuvo sus consecuencias, porque al día siguiente todos tuvimos unas cagaleras de muerte por el atracón de higos calientes que nos habíamos dado.

PREPARANDO MI «CUMPLE»

LLEGÓ agosto, y quedaba el tiempo justo para preparar mi cumpleaños, que era el día 20. Siempre celebrábamos una fiesta divertida, pero este año quería que fuese algo especial porque ya eran 10 los años que cumplía y eso era una cifra importante. Hablé con los abuelos de Madrid, Fermín y Paloma, y los animé a que viniesen. La abuela, que es más comodona, no quería, pero, al final, se decidió. De mi amiga Flor no había sabido nada desde que dejé Madrid. Esperaba alguna carta, como me prometió, pero nada, ni una letra ni una llamada. La llamé para invitarla pero nadie me respondió, seguramente ya se habrían marchado a la playa y yo no sabía el número del móvil. Tampoco conseguí que viniesen el tío Mario y Ana, porque estaban de vacaciones en Holanda. Prometieron traerme un regalo.

Como me gusta el teatro, pensé que era el momento de escribir una obra para conseguir representarla. Todas las tardes me gustaba ayudar a regar las plantas, había muchas flores y me enseñaron a cuidarlas con mimo. Recordaba un tema que dimos en Conocimiento del Medio y que trataba precisamente de los árboles y las plantas. Estudiamos que eran seres vivos, que nacen, sienten y si se les maltrata pueden morir antes de lo debido. Pensando en eso, se me ocurrió el argumento:

En un bello jardín había muchas flores preciosas y variadas. Estaban contentas porque las trataban bien, pero un día nació una rosa y, siendo todavía pequeña, se quejó de que nunca podría moverse, siempre clavada en el mismo sitio. Su madre, una rosa grande, para complacer a su hijita, llamó al Hada de las Flores para que le concediese el privilegio de poder pasear un poquito. El Hada le dijo que bueno, que por un rato, durante la noche, sin que nadie viese nada, todas podrían abandonar el lugar donde estaban clavadas para darse un paseo, siempre dentro del jardín. Luego, volverían a su lugar y allí permanecerían hasta su muerte. Siempre había sido así y no se podía alterar el orden de la naturaleza. Las flores se pusieron muy contentas, y cuando se vieron libres organizaron un baile para recordar aquella noche en la que fueron libres por única vez.

Ya se lo había comentado a mis amigas y todas estaban deseando que empezaran los ensayos. Mamá me ayudó a poner el texto en forma teatral para que lo pudiésemos representar. Papá la pasó al ordenador. Nos reunimos una tarde y acordamos que los ensayos serían en casa de Lola, durante la hora de la siesta. Había un porche cerca de la piscina y allí no molestábamos a nadie. A mamá no le importaba que hubiese sido en la nuestra, pero descarté esa opción porque si aparecía mi hermano con sus amigos, seguro que meterían la pata. A veces son unos gamberros. En casa de Lola estábamos a salvo porque solo tiene dos hermanos pequeños.

Llevé adjudicados los papeles: cada una representaba una flor. Había rosas, margaritas, claveles, tulipanes..., todo con mucho color; se organizó una discusión porque a nadie le gustaba el suyo. Yo, desde luego, no estaba dispuesta a cambiar el mío, que era el del Hada. Era mi obra, era mi cumple y con todo el derecho, podía elegir. Al final, las convencí y pudimos comenzar a trabajar en serio.

Los papeles nos los aprendimos pronto y nadie se equivocaba, pero el baile nos costó más, porque montar una coreografía con flores no es fácil y además cada día se nos ocurrían cosas nuevas y así nunca terminábamos. Tenía una parte lenta, pero terminaba rápido con las flores cogidas de la mano, haciendo un corro alrededor del Hada. La música la eligió mi abuela, la Bruja Azul. Nos dio una cinta para los ensayos. Era de Vivaldi y nos prometió que, para la representación, mejor tocaría el piano. Dos días antes decidimos que participara en el baile el hermano mayor de Lola, Manolito, que tiene siete años y es muy desenvuelto. Lo haría disfrazado de clavel.

Compramos papel pinocho de colores, y las abuelas hicieron los disfraces de todas las flores y el del Hada con su cucurucho, del que salía un tul fino. En la mano llevaría la varita con una flor en la punta. Estábamos entusiasmadas de lo bien que estaba quedando todo.

A la vuelta de los ensayos, un día, me crucé con Susana, a la que no había visto desde la excursión, y casi ni me miró. ¡Idiota! Cuando llegué a casa le dije a mi hermano:

—Tú, mucho con Susana, pero verás cuando se entere de que en Madrid tienes otra novia.

—Yo no tengo novia ni en Madrid ni aquí.

—¿Ah, no? ¿Entonces, Loreto qué es?

—¡Que me olvides! —respondió con cara de desprecio.

Reconocí que tenía razón al tratarme así, porque yo lo dije por la rabia que me dio la niña esa, pero prometí no meterme más con él. Quería conseguir que para mi cumple fuésemos amigos.

MI CUMPLEAÑOS

LA víspera de la fiesta pedí a la Bruja Azul que preparase unos huevos mágicos como los que hizo para el cumpleaños de Flor y que, por favor, me dejase ayudarla para aprender el secreto. No le gustó mucho que yo quisiera intervenir, porque decía que era pequeña aún, pero, al final, cedió, con la promesa de que guardase el secreto.

Trituró la cáscara de unos cuantos huevos, la mezcló y la batió con una clara, fue cogiéndolos uno a uno, les hizo unos agujeritos, sopló para que saliese un poco de clara, con una jeringuilla sin aguja le metió chocolate en polvo, lo agitó para que se mezclase bien, tapó los agujeritos con la pasta que había preparado, esperó que se secase y los coció en el microondas. Yo seguí todo el proceso hasta el final.

—Ahora me tienes que decir cómo hiciste lo de la vela y lo de las cintas el día de Nochebuena.

—Me parece que te estás pasando con tanto pedir. —Por su tono supe que me la tenía ganada.

—Toda la magia está en estos polvos —me enseñó una cajita—. El pábilo de la vela debe estar bien impregnado de ellos. Recuerda que la varita la mojaste en un líquido que al contacto con los polvos produce llama.

—¿Y cómo sacaste las cintas de colores?

—Yo tenía un cilindro con un cabo para que pareciese una vela de verdad, lleno de cintas y de todo lo que quería sacar. Con mucha habilidad, cuando envolví la verdadera, hice el cambiazo por el cilindro y de allí saqué lo que quise.

—¿Y la otra vela?

—Quedó escondida dentro de mi chaqueta.

—¡Qué bárbaro! ¿Podré algún día hacer magia como tú?

—Depende de si pones interés, tienes habilidad y poderes de bruja. —Se echó a reír.

Aquella mañana no bajé a la playa. Lola, Rocío y Cari vinieron para ayudar. Todos los de la casa colaboraron y preparamos el jardín para la fiesta: el porche de delante serviría de escenario. Las actrices estaríamos dentro de la casa, donde permaneceríamos arregladas hasta el momento de la representación. Todo el jardín lo adornamos con cadenetas y farolillos, y pusimos las sillas plegables que había en el desván. En la cocina, en bandejas y tapadas con plástico fino, estaban las cosas de la merienda: bocadillos, patatas fritas, cortezas y otras cosas de esas. Los huevos mágicos los tenía escondidos la abuela. Los refrescos en un baño con hielo. La tarta estaba encargada en una pastelería y no llegó hasta la tarde.

Además de mis amigas, en la playa nos juntábamos muchas más y algunos niños, aunque menos. Todos estaban invitados. Mi hermano no ayudó en los preparativos, pero estuvo muy cariñoso, así que le dije que podía traer algún amigo. Susana se presentó, ¡vaya morro!, al principio me sentó mal porque había demostrado no ser mi amiga; luego, se me pasó porque estuvo muy simpática y me regaló una camiseta.

Y llegó la hora. Acordamos que antes que nada sería el teatro, luego, la actuación de la Bruja y, por último, la merienda. Las actrices nos preparamos con tiempo y, cuando llegó todo el mundo, ya estábamos vestidas y maquilladas con la ayuda de mamá. Me miré al espejo y me vi guapa con mi túnica de hada, el gorro con aquel tul flotando y la varita. Parecía un hada como las que yo me imaginaba. Comenzaron a entrarme sudores de lo nerviosa que estaba. Me acordaba de la última vez que actué en el colegio y de cómo aquel foco maldito acabó tragándome. Menos mal que aquí no había foco.

Primero salió el presentador: Carlos, un niño de Sevilla muy simpático al que conocimos en la playa y que se ofreció a colaborar. Había ensayado poco, pero no importaba porque lo único que tenía que hacer era leer. La gente guardaba silencio y arrancó a aplaudir cuando salieron las flores. Se situaron cada una en su sitio y, quietas, agitaban los brazos al son de la música, como si las moviera el viento. Cada una decía su papel y nadie se equivocó. Al rato salí yo bailando de un sitio a otro, y con la varita fui tocándolas. A medida que las tocaba, comenzaban a moverse y a bailar la coreografía que habíamos ensayado. El piano, tocado por la Bruja Azul, sonaba con fuerza. Los espectadores reían al ver a Manolito, tan gracioso disfrazado de clavel. Todo iba de maravilla, nadie se equivocaba. Llegó el corro final, en el que las flores, cogidas de la mano, danzaban alrededor del hada. La música, cada vez más rápida, marcaba el ritmo. Tan deprisa iba todo que, en una de las vueltas, el pobre Manolito se soltó de la mano de su compañera y salió volando por los aires. Menos mal que su hermana lo agarró fuerte y evitó una caída que pudo haber sido grave. La gente aplaudía a rabiar y tuvimos que salir a saludar varias veces. Manolito salió como si nada.

Me cambié rápidamente porque me tocaba hacer de ayudante de la bruja:

—Señoras y señores: con ustedes... ¡LA BRUJA AZUL!

Sonó la música que la abuela había elegido y que David se encargó de poner. Apareció con un traje de pantalón amarillo brillante y una chistera negra que resaltaba su pelo azul. Estaba guapísima.

—Ayudante —me dijo—, tenga la bondad de pasar esto para que el público lo examine.

Fui pasando una bandeja en la que había dos cubiletes boca abajo y un vaso lleno de arena. Se lo devolví a la artista. La música seguía. Puso derechos los cubiletes y llenó uno de ellos con la arena que contenía el vaso. Allanó la superficie con la varita mágica, mientras decía las palabras de conjuro. Colocó encima el otro cubilete, describió un medio círculo y los dejó sobre la mesa. Hizo dos pases mágicos, pronunció unas palabras rarísimas y retiró lentamente el cubilete superior. La arena formó un montículo y cayó gran parte al plato. Volvió a allanarla; colocó el cubilete vacío sobre el que ahora estaba lleno: otro medio círculo, palabras mágicas, gestos de bruja... y desapareció la arena, convirtiéndose en agua clara que todos vimos y pudimos probar.

«¡Otra!, ¡otra!, ¡otra!...». Los aplausos sonaban hasta el otro lado de Sanlúcar. La Bruja Azul saludaba como lo que era: una verdadera artista.

—Señorita —me pidió nuevamente—, pase esto por el público.

Todos observaron una sopera vacía. Se la devolví. La puso sobre la mesa y comenzó a sacar de su interior papeles y más papeles. ¿De dónde los sacó? Como siempre, era un misterio. Volvió a llenarla y aún quedaron papeles sobre la mesa.

—Por favor, una jarra de agua.

Se la llevé. La echó en el interior de la sopera, a la vez que revolvía con la varita mágica.

—¿Qué ha pasado aquí? —preguntó mientras con un cazo sacaba unos suculentos macarrones—. Bien, ya tendremos algo para la cena.

Hizo una amplia reverencia con la chistera en la mano y se marchó dentro, mientras el público aplaudía entusiasmado.

Sacamos enseguida la merienda y todo continuó en un ambiente de música y alegría. Los huevos mágicos sorprendieron nuevamente.

—Aumentan la inteligencia —repetía la Bruja Azul, mientras los repartía.

Por último, la tarta. A petición mía, habían colocado diez velas en lugar de el uno y el cero. Soplé fuerte, formulando un deseo. Todos cantaban el cumpleaños feliz, mientras se me saltaban las lágrimas de la emoción. Corté el primer trozo para la abuela Paloma, que tanto nos había ayudado con los disfraces y que estaba allí toda emocionada sin que nadie se fijara en ella. Me dio un abrazo tan fuerte que casi me quita el maquillaje.

Estábamos ya de comer hasta las orejas. David puso música marchosa, y todos nos lanzamos a bailar. Así llevábamos un buen rato. Ya era de noche. De pronto, sentimos una lluvia torrencial. Daba risa ver todas las flores desteñidas con los chorros de colores corriéndoles por todo el cuerpo. Menos mal que debajo llevaban los bañadores. Yo ya no tenía el disfraz de hada, me lo quité para hacer de ayudante de bruja; solo tenía una minifalda con una camiseta pegada al cuerpo. Sentía los ríos de colores corriendo por la cara, como las demás. Íbamos de un lado a otro, saltábamos tratando de evitar el chorro impresionante que venía de la manguera de riego y que manejaban mi hermano y sus amigos. Reíamos al vernos unos a otros. La música dejó de sonar y así, pasado por agua, terminó aquel maravilloso cumpleaños.

No he dicho nada de los regalos, que fueron muchos y bonitos, aunque el mayor regalo fue el cariño y el interés que todos pusieron para que resultara una fiesta inolvidable.

Adiós al verano

TERMINABA el verano; los abuelos Fermín y Paloma regresaron a Madrid, faltaban algunas de mis amigas, que ya se habían marchado. Todo anunciaba el fin de las vacaciones. Edu no me volvió a escribir, no supe nada de Flor y de los demás compañeros de colegio. Sentía pena porque tenía que dejar Sanlúcar, donde tan bien me lo pasaba. Tardaría una temporada en ver a la abuela Pepa, pero, a pesar de todo, tenía ganas de encontrarme con todo lo que había dejado.

—¿Te da pena que terminen las vacaciones? —le pregunté a mi hermano una tarde que estaba de muy buen humor.

—Claro que me da. Volver otra vez al cole es un rollo.

—Pues yo, fíjate, me da pena dejar esto, pero a la vez estoy deseando ver a mis compañeros, contarles las cosas del verano, ver a los profes, comprobar si hay alguno nuevo... Es que no lo sé explicar.

—Hija, pues a ver si te aclaras que no sabes ni lo que quieres.

No tenía remedio, seguía tan desagradable como siempre; me daba rabia que me hablara como a una niña pequeña e imbécil, pero todo se lo perdonaba porque había demostrado que me quería.

Dijimos adiós a la Bruja Azul, que nos despidió desde la verja. Sentí que se cumpliría mi deseo de pasar a ser aprendiz de bruja, porque así lo había pedido al soplar las diez velas.

ÍNDICE

La Bruja Azul 7
Escritora y actriz 13
Un bicho que salta 16
Cumpleaños de Flor 22
No era un cochinito 35
La Nochebuena 39
Los Reyes Magos 54
La cabaña 60
El problema de Lucas 67
El fracaso del «conejo» 74
En Sanlúcar de Barrameda 79
La carta de Edu 84
Excursión a Chipiona 89
Preparando mi «cumple» 101
Mi cumpleaños 107
Adiós al verano 117